신을 닮았네 1

You look like God

신을 닮았네 1

넌 빛이었단다

이태완 지음

좋은땅

이 세상에서 겪는 실재적인 경험과 아픔 그리고 삶에 대한 의혹들은 언제나 우리를 혼란스럽게 합니다. 왜 이런 시련들을 겪어야만 하는지 또는 누가 세상을 이렇게 만들었는지, 그 누구도 답을 주지 못할 때 결국 끝나지 않을 것 같은 시련 속에서 알게 된 신의 진심은 '난 너희들에게 언제나 좋은 것만 준단다.'였습니다.

그건 지금 우리가 겪는 시련 역시 계획된 축복의 일부라는 이야기였지요.

전 항상 세상의 진실을 알고 싶어 했습니다.

제가 누구였는지 왜 이 세상에 왔는지!

그리고 세상의 어둠이 감추고 숨겨 놓은 것들에 대해서 우리가 잊지 말고 간직해야 할 가장 소중한 것들에 대해서.

신을 만났는지, 보았는지, 들었는지에 대해선 굳이 말하지 않겠습니다.

다만 모든 이야기들이 사실을 기반으로 쓰인 글이라는 것만 밝힙니다.

이 세상엔 비슷한 시련과 고통에 대한 의문들이 많기에 그분의 이야기를 조금이나마 함께 나누고자 합니다.

이 이야기를 통해 우리가 알고자 했던 의문과 비밀들을 조금이라도 알게 되기를 소망합니다.

어느 날 화창한 오후, 신이 저에게 찾아왔습니다.

그가 저에게 다가오는 순간 전 이미 그가 신이라는 걸 알아보았습니다.

제가 기억하지 못하던 무의식과 잠재의식의 끝자락에서부터 느껴지는 그 위엄, 내가 세상에 태어나 처음 마주한 나의 창조자의 위엄은 마치 벼락 맞은 나의 영혼처럼, 이미 오래전부터 내 뼛속 깊이 각인되어 있었던 것입니다.

전 신에게 서글프게 물어봅니다.

저 이제 떠날 때가 된 건가요.

아직 꿈도 다 못 이루었는데….

그러나 신께선 씩 하고 웃으시며 저에게 말씀하십니다.

아니….

난 그냥 너와 커피 한잔하러 왔단다.

그렇게 전 그날부터 신과 함께 커피 한잔하는 사이가 되어 버렸습니다.

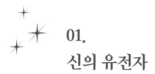

01.
신의 유전자

커피 한 잔을 앞에 놓고 무엇이 그리 좋은지 한참 흥얼거리던 신이 저를 보며 말합니다.

참 아름답구나!

네?
저요?

아니! 세상 말이다.

아… 네.

내가 만들었지만 난 참 재주도 좋아!
하하하하.

아무래도 나의 지나친 자기애는 분명히 신에게로부터 물려받은 것이 확실합니다.

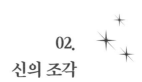

02.
신의 조각

제 앞에서 커피를 맛있게 드시고 계신 신께 물어봅니다.

근데 여기엔 왜 오신 거죠?

신께서 웃으시며 말합니다.

나의 한 조각을 보러 왔단다.

네?
그게 뭔가요?

바로 너지!

네?
제가요?
에이! 그럴 리가요.
제가 그렇게 위대한 존재인가요.

너뿐만 아니라 나의 조각들은 모두 위대하단다.

아… 네.
근데 이 세상엔 신의 조각들이 많은가요?

물론이지.
이 세상에 존재하는 모든 것들이 나의 조각들이란
다.
하늘을 나는 새부터, 물속에 있는 물고기들과 그리
고 땅속에서 부스럭거리는 모든 생명체들까지 말
이다.
그중에 너는 아주 특별하지!

네?
제가요?

아니!
너를 포함한 세상의 모든 인간들 말이다.

아… 네.

03.
모든 것은 자연으로부터

커피 맛이 참 훌륭하구나!

저는 순간 우쭐대며 말합니다.

그럼 당연하지요.
제가 만든 건데요.

신이 짓궂게 웃으며 말씀하십니다.

너!
응용을 잘한 것이고.
애초에 세상에 모든 것들은 태초부터 존재했단다.
너는 네가 입고 있는 의복과 네가 살고 있는 집 그
리고 네가 타고 다니는 자동차가 모두 어디에서 온
것이라고 생각하느냐!
이 세상에 존재하는 모든 것들은 물과 불 그리고 바
람과 대지에서 온 것들이란다.
너희는 그 모든 것들이 함께 어우러진 자연 속에서

창조가 아닌 발견을 한 것뿐이지.

그리고 이 모든 것들은 내가 너희에게 주는 수많은 선물들 중에 하나일 뿐이란다.

04.
완벽한 자연스러움

하늘이 어두워지며 서늘한 바람과 함께 먹구름이 몰려옵니다.

하늘을 거울 삼는 호숫가 위에도 구름과 함께 바람의 파동이 잔주름처럼 떠밀려옵니다.

이제 곧 비가 후드득하고 쏟아지겠지!

이런 궂은 날씨엔 아마도 카페에 손님이 많진 않을 것입니다.

그러나 언제나 하루도 빠짐없이 저의 카페에 출근하는 손님이 계십니다.

그건 바로 신이십니다.

그분은 언제나, 카페에서 가장 좋은 이 층 창가에 앉아 커피를 마시며 세상을 관조하십니다.

무언가 굉장히 신비롭고 성스럽고 심오할 것 같지만, 꼭 그렇지도 않습니다.

완벽함이란, 어떨 땐 너무나 자연스러워서 완고한 인간들이 보기엔 허술해 보일 때도 있으니 말입니다.

그러니 완벽함이란 곧 자연스러움입니다.

그래서 그분은 너무나 자연스럽습니다.

존재하지만 있는 듯 없는 듯 말입니다.

이런!
인간 주제에 감히 신을 평하다니.
제 간이 점점 커지나 봅니다.
어쨌든, 전 제가 그분의 한 조각이라는 걸 알게 된 후부터, 지금의 제 모습은 잠시 영혼이 담긴 그릇이라는 걸 알게 되었습니다.
그럼 전 애초에 무엇이었을까요?
신에게 달려가 당장 물어봐야겠습니다.

05.
전 누구인가요?

저… 저기요!

아직 무엇이라고 불러 드려야 할지 도통 모르겠습
니다.

혹시, 제가 애초에 무엇이었는지 알고 계신가요?

물론!

알고 있단다.

궁금한 것이냐?

네.

전 항상 궁금했는걸요.

어디에서 와서, 어디로 가는지!

그리고 이 세상엔 왜 오게 되었는지.

그럼 넌!

예전의 일이 조금도 기억이 나지 않는 것이냐?

네.

흠!

그렇게 알려 주었는데도.

넌 예전이나 지금이나 무엇이든 잘 잊는구나.

아… 네.

넌 말이다,

아주 오래전 태초에 빛으로 태어나 그 빛의 일부였
으며 그 빛 자체였단다.

어!

제가 빛이었다고요?

그렇단다.

그런데 전 왜 여기에 있는 거지요?

그건 말이다.

아주 오래전 그때, 넌 빛으로 태어났지만 빛이란 걸
알지 못했단다.

그건 크고 밝게 빛나는 수많은 빛들 중에도, 넌 아
주 작은 빛이었기 때문이지.

그래서 넌 네가 밝게 빛나는 빛이란 걸 스스로 알지

못했단다.

근데 어느 날, 네가 나에게 찾아와 그러더구나.

전 누구인가요?

넌 빛이란다.

하지만 제가 빛이란 걸 도무지 알 수가 없는 걸요!

그건 말이지 네가 수많은 빛들에게 둘러싸여 있기 때문이란다.

그럼 제가 빛이란 걸 알기 위해선 어떻게 해야 하지요?

그건 아주 간단하지.
널 어둠으로 감싸 안으면 된단다.

그럼 어둠은 뭔가요?

그건 성장과 체험의 일부이지, 더 밝고 큰 빛으로 가는 길 중에 하나란다.

혹시 아픈 건가요?

물론이지.

몹시 아플 거란다.

어둠이란 일종의 체험이기 때문이지.

그 체험 속엔 아픔과 고통 그리고 슬픔 등이 모두

들어 있단다.

그러나 그곳 아주 깊은 곳엔 사랑과 아름다움 그리

고 행복도 같이 들어 있지.

이 모든 것이 결국엔 하나일 뿐이란다.

빛과 어둠이 모두 하나인 것처럼 말이지.

그럼 전 그 하나가 될래요.

정말 그렇게 하겠느냐?

네!

그럼 지금부터 내가 하는 말을 잊지 말고 꼭 기억하

렴.

네가 어둠에 둘러싸여 하늘 밑, 땅에서 겪는 모든

체험들은 너에게 주는 나의 선물이란 걸!

모든 시련은 계획된 축복의 일부라는 걸,

'난 너에게 항상 좋은 것만 준다'는 것을 절대 잊지 말아야 한다.

06.
난 너에게 좋은 것만 준단다

오래전의 기억이 조금씩 돌아옵니다.

전 수많은 빛들 중에서 아주 작은 빛이었고, 그중에도 호기심이 가장 많은 빛이었습니다.

전 신께서 당부하는 것들을 잊지 않겠다고 약속한 후 스스로의 의지로 이 땅에 내려왔습니다.

단단히 각오는 했지만 이 세상의 체험은 생각한 것보다 너무나 아팠습니다.

신께선 분명히 제가 겪어야 할 모든 체험들을 미리 알고 있었을 것입니다.

이 층 창가에 앉아, 한가롭게 커피만 드시는 신이 왠지 무척 얄미워집니다.

얼른 가서 좀 따져야겠습니다.

저기요.

신님!

앞으로는 그냥 신님이라고 부르기로 했습니다.

왜 그러느냐!

혹시, 제가 아프다고 소리칠 때 제 목소리를 듣고
위로해 주신 적이 있나요?
저의 기억엔 신의 음성을 들은 기억이 단 한 번도
없는 것 같아서요.

저의 뾰로통한 질문에 신께서 들고 계신 커피 잔을 조용
히 내려놓으며 말씀하십니다.

말이란 건 말이지.
최후의 수단이란다.
말이란, 그냥 표기일 뿐이지 언제나 다르게 해석될
수 있단다.
그동안 나의 말을 곡해하는 자들을 많이 보지 않았
느냐.
그래서 말은 내가 좋아하는 방법이 아니란다.

심술이 난 저는 다시 신에게 묻습니다.

그럼 삶이 위기상황일 때, 어떻게 그것을 극복하죠?

흠!

나에게 섭섭한 것이 많은가 보구나!

자! 나의 말을 들어 보렴.

난 그동안 항상 너에게 말했단다.

생각과 느낌으로, 그중에도 마음에 가장 묵직하고 강렬하게 남는 생각 그리고 느낌 그것이 나의 말이 었지.

그 외에 불필요한 생각이나 느낌은 다른 곳에서 온 거란다.

그럼 제가 만약에 그걸 신의 생각대로 느낌대로 받지 않으면요.

이 세상은 언제나 혼돈으로 가득하잖아요.

신께서 저에게 다시 말씀하십니다.

그때는 다시 체험을 준단다.

그 속에서 깨닫도록 말이지.

사실 체험이야 말로, 나의 가장 강력한 말이란다.

그러나 누구나 체험을 좋아하지는 않지.

너 역시 예전엔 그러지 않았더냐!

다들 체험을 피하고만 싶어 하지.

그러나 체험은 계속 반복된단다.

그건 너희들이 이 땅에 내려오기 전에 이미 나에게

약속을 한 것이기 때문이지.

하늘나라에서의 약속은 꼭 지켜야 하거든.

그럼 그 체험으로도 알아듣지 못하면요?

세상엔 저 같은 고집쟁이들이 무척 많다고요.

잘 아시잖아요!

저뿐만 아니라 인간들이 얼마나 무지하고 이기적

이며 유혹에 약한지요.

그래 알고 있단다.

그래도 너희가 끝내 나의 말을 듣지 않을 땐, 최후

의 순간 나 역시 너희에게 말을 한단다.

달이 잠든 깊은 밤 너희의 꿈을 통해서, 또는 지나

가는 사람의 중얼거림 속에서, 책과 신문과 한 줄로

끝나는 길거리의 광고 글에서조차도 난 너희들에

게 말을 하지.

난 언제나 나에게 소중한 존재들을 단 한 번도 놓친

적이 없단다.

시간이 빠르거나 느림의 차이일 뿐, 이 땅에서 언젠

가 떠나야 할 너희들은 결국엔 나의 말을 듣게 되어

있지.

항상 잊지 말고 기억하렴!

이 땅에서 체험을 하고 있는 너희에게 난 언제나 좋

은 것만 준다는 것을!

그런데 오늘 나에게 준 커피는 조금 쓴 것 같구나.

혹!

아직 나에게 감정이 남아 있는 것이냐!

에이….

그럴 리가요…….

히!

07.
인간의 특권

카페의 이 층 창가에 앉아 오늘도 변함없이 커피를 맛있게 드시고 있는 신께 물어봅니다.

요즘 한가하신가 봐요!

또!
왜 그러느냐.
혹시, 내가 오는 것이 싫은 것이냐?

싫은 게 아니고요!
요즘 세상이 엉망이잖아요.
잘 아시면서 그러세요.

난 너희에게 자유 의지를 주었단다.
그건 하늘의 천사들도 갖지 못한 특권이지!
너희는 지금 그 특권을 마음껏 누리고 있는 거란다.

그래도 가끔씩은 세상 정리 좀 해 주셔야 하는 것

아닌가요?

다들, 어린아이들처럼 과자 하나 더 먹겠다고, 콧물 끈적거리는 판에서 싸우고 있다고요.

신께서 커피 잔을 내려놓으며 말씀하십니다.

세상 만물에는 다 흐름이 있단다.

그 흐름 속에 속한 인간 세상 역시 그것에서 벗어날 순 없지.

우주에 펼쳐진 수많은 별들도 언뜻 어지러워 보이지만 결국 단 하나의 법칙에 의해 움직인단다.

그 법칙이란 곧 나의 의지이지.

그러니 세상의 혼란스러움을 두려워 말거라.

모두가 혼돈 속에 있는 것 같지만, 그 또한 큰 질서의 일부일 뿐이란다.

빛을 구분하려면 어둠이 있어야 하듯이.

어둠을 구분하려면 빛이 있어야 하듯이.

그러니 너는 아무 걱정 말고 이 세상의 체험에 충실하렴.

넌 할 일이 참 많은 빛이니….

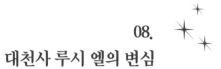

08.
대천사 루시 엘의 변심

햇살이 따뜻한 나른한 오후, 신께선 오늘도 이 층 창가에 앉아 커피를 즐기고 계십니다.

간혹, 보이지 않는 천사들에게 무슨 지시를 내리시는 것 같기도 했지만, 그게 무슨 일인지는 알 수 없습니다.

신께서 은밀히 행하시는 일을 제가 어떻게 알겠습니까!

그렇게 힐끔힐끔 곁눈질하던 저와 눈이 마주치자 신께선 말씀하십니다.

커피 한 잔 더 주겠느냐!

아… 네.

전 잠시 뒤 김이 모락모락 피어나는 커피 한 잔을 만들어 신께 드립니다.

오늘 커피엔 강함 속에도 부드러움이 있구나.
커피 이름이 무엇이냐?

아!

네.

흑기사라고 해요.

흠!

흑기사라.

잠시 침묵이 흐릅니다.

아주 오래전 나에게도 그런 기사가 있었지!

네!

그게 누구인데요?

신께서 피식 웃으며 말씀하십니다.

왜!

너도 잘 알 텐데?

가장 아름다운 빛으로 태어나 가장 짙은 어둠이 되

어 버린 녀석 말이다.

아!

그럼.

혹시!

그… 그 루시 엘이요?

그래.

루시 엘.

여기선 루시퍼라고 하더구나.

아!

근데 그는 도대체 왜 변심했나요?

흠.

그건 말이다.

…….

잠시 또 침묵이 흐릅니다.

곧 신께서는 나를 옆에 앉히더니 나의 머리칼을 쓰다듬으며 말씀하십니다.

난 루시 엘이 가장 바라던 것을 주지 않았단다.

아니!

내가 창조한 그 어떤 천사들에게도 허락하지 않았지.

넌 그게 무엇인지 아느냐?

글쎄요!

전능하신 신께서 무엇이 아까워서 주지 않으셨을까?
신께서 다시 말씀하십니다.

내가 그들에게 허락하지 않은 건, 지금 너희들이 누리고 있는 자유 의지였단다.
너희들이 대수롭지 않게 생각하는 그 특권은, 나를 잊을 수도 있으며, 내가 허락하지 않은 일을 할 수도 있으며, 너희들이 원하는 것과 체험하고자 하는 모든 것을 할 수 있는 가장 강력한 특권이었지.
결국, 그걸 받지 못한 루시 엘은 화가 나서 너희들을 지금까지 질투하고 미워하는 거란다.
루시 엘은 지금도 이 땅에서 그의 추종자들인 어둠의 세력과 함께 너희의 자유 의지를 통제하기 위해 음모를 꾸미고 있지.
넌 내가 가장 싫어하는 것이 무엇인 줄 아느냐?

루시 엘인가요!

아니란다.
난 루시 엘을 그렇게 만든 교만이라는 것을 가장 싫어하지.

그러니 언제나 명심해야 한단다.

교만은 나의 조각들인 너희들은 물론이고 세상과
하늘의 천사들까지도 모두 파멸로 몰 수 있다는 것
을….

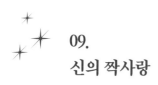

09.
신의 짝사랑

카페 안을 한참 서성이던 절, 신께서 부르십니다.

잠시 이리 앉거라.

네.

무슨 고민이 있느냐?

아니요… 뭐.
별로!

흠!
너의 얼굴에 다 쓰여 있는데도, 날 속일 생각이냐!

아니요!
제가 어떻게 감히요.

넌 예전에도 호기심이 가장 많은 빛이었지, 오죽하

면 다른 빛들이 나에게 찾아와 하소연을 했겠느냐!
네가 떠난 후론, 다른 빛들이 잔치를 열고 하늘나라
가 더욱 평화로워졌느니라.
하하하하!

끙….
실은요 잘 이해가 안되는 것이 있어서요.

그래!
그것이 무엇이냐?

인간들에게 허락한 자유 의지를 왜 루시 엘 같은 천
사들에겐 주시지 않은 거죠?
만약, 그에게도 주었다면 루시 엘의 변심도 그로 인
한 세상의 혼란도 일어나지 않았을 텐데요.

그건 말이다.
천사와 너희는 처음부터 창조의 목적이 서로 달랐
기 때문이란다.

창조의 목적이라뇨?

내가 세상 만물을 창조하고 천사들을 만든 이유는

세상의 균형과 질서를 유지하고 너희를 보호하기
위해서였지.

그들은 나의 명령을 절대적으로 따라야 하는 존재
들이었단다.

만약 천사들에게 자유 의지를 허락하여, 그들이 나
의 뜻과는 다르게 움직인다면 세상은 더욱 혼란해
질 테니 말이다.

다시 말하면 그들은 하늘나라의 군인이고 너희는
하늘나라의 시민이란다.

군인은 나라와 시민을 보호해야 하는 의무가 있지.

결국, 루시 엘이 나에게 원했던 자유 의지는 그런 의
무를 저버릴 수 있는 명령거부권과 같은 것이었단다.

그래서 내가 천사들에게 그것을 허락을 하지 않은
것이었지.

신의 말씀에 그동안의 의문이 풀립니다.

아마도 신께선 처음부터 지금까지 그리고 그 후의 결과
들까지 이미 알고 계실 것입니다.

루시 엘의 변심과 그의 마지막 결말까지도 말입니다.

머리 위로 신의 나지막한 음성이 들려옵니다.

난 너희들이 너무 사랑스럽단다.

그것이 비록 일방적인 짝사랑일지라도 말이다.

10.
이 땅에 내려온 나의 빛들에게

많이 바쁘니?

신께서 저에게 물어보십니다.

아뇨!

그럼 나하고 산책이나 하자꾸나!

아… 네.

전 손을 모으고 공손하게 신의 뒤를 따릅니다.

신께선 창조주이셨으면서도 언제나 저의 의지를 존중해
주셨습니다.
저의 마음과 결심 그리고 모든 선택에 대한 결과들까지.
그래선 전 그분을 천국보다 더욱 사랑합니다.

12월의 추운 날씨이긴 하지만 걸을 만했습니다.

파란 호수엔 먹이를 찾는 청둥오리들이 옹기종기 모여 앉아 있습니다.

아마도 어떻게 하면 물고기들을 많이 잡을 수 있을지 작전회의라도 하나 봅니다.

조금 더 걷다 보니 호수를 타고 차가운 바람이 불어옵니다.

기분이 좋으신 듯 신께서 말씀하십니다.

참 상쾌하구나!

전 좀 추워지는데요.

찌릿.

에그머니!

넌 그새 잊어버렸구나.

네?
뭘요?

넌 빛이었다는 걸 말이다.
빛은 참 밝고 따뜻하지.
삶이 춥고 힘들 때마다 항상 잊지 말거라.

넌 빛이었다는 것을!

네….

참!
언제나 진지한 신이시다.

조금 더 걷다 보니 무성한 갈대밭이 호수를 옆에 끼고 펼쳐져 있습니다.
저기 보이는 갈대밭은 오래전부터 저에겐 특별한 추억의 장소였습니다.
하지만 오늘따라 왠지 불길한 느낌이 듭니다.

에이!
설마 못 들으셨을 거야!

하지만 아니나 다를까.
신께서 갑자기 갈대밭 앞에서 걸음을 멈춰 섭니다.

그래!
바로 이곳이었지.

네?

뭐가요?

몇 년 전!
네가 그렇게 나에게 고래고래 소리 지르며 욕하고
삿대질을 하던 곳이 말이다.

헉!

내가 세상을 창조한 이후, 그렇게 많은 욕을 들어
본 건 처음이었단다.
참으로 새로운 느낌이었지.

등 뒤로 식은땀이 흐릅니다.

아니!
그걸 다 들으셨나요,
그 먼 곳에서….

그럼!
다 듣고, 말고. 네 목소리가 얼마나 크고 우렁차던
지 나뿐 아니라 모여 있던 다른 수많은 빛들도 다
들었단다.
그래서 넌 하늘나라에서도 아주 유명하지!

두려움 없이 나에게 삿대질하고 수 시간이 지나도
록 욕을 퍼부은 건 네가 세상에서 처음이었으니 말
이다.

하하하하!

녀석.

그렇게 힘들었느냐!

신께서 절 따뜻한 눈으로 바라보며 말씀하십니다.

네… 정말 죽을 만큼요.

아니… 죽을 힘도 없을 만큼요.

그래.

알고 있단다.

넌 10년 이상을 하루도 빠지지 않고 수기로 나에게
편지를 보냈지.

하지만 나 역시 너에게 단 하루도 거르지 않고 답장
을 보내었단다.

너의 욕심을 버리고 나의 검과 방패가 되어라고 말
이다.

그럼!

혹시 제가 성직자가 되길 바라셨나요.

제가 그 길을 가지 않아 저에게 화가 나셨던 건가요?

아니란다.

그들은 나의 검과 방패가 아닐 뿐더러, 예전이나 지

금이나 난 그들을 별로 신뢰하지 않는단다.

그들 중 일부는 오히려 날 왜곡시키고 추종자들을

만드는 데만 정신이 없지.

난 그런 그들을 알지 못한단다.

오히려 세상을 밝히는 빛들은 다른 곳에 있지.

그럼 제가 어떻게 하길 바라시나요.

신께서 손을 들어 저의 머리를 따뜻하게 쓰다듬습니다.

지키렴.

네?

무엇을요?

너의 마음에 있는 선한 의지와 신념을, 그리고 선한

이 세상의 빛들을….

그들을 도와주렴.

어떻게요?

전 힘도 없고 도와줄 방법도 모른다고요.

넌 사업가이잖니!

네.

그럼 최대한 많은 물질을 벌렴.

네….

그리고 최대한 많이 모으렴.

아… 네.

이제 그다음부터가 정말 중요하단다.

그 모은 것과 나의 이야기를 네가 할 수 있는 만큼

최대한 나누렴.

이 세상에 내려온 나의 소중한 빛들에게.

너의 신념과 우리의 대화가 세상의 검과 방패가 되

도록.

11.
신의 방식

해님이 뉘엿뉘엿 고개를 넘어갑니다.

언제나 그러했듯 해님은 말이 없습니다.

내일 꼭 다시 올 테니 그때까지 무사하라며 빨강, 파랑, 노랑으로 자신의 약속을 하늘에 새겨 놓을 뿐입니다.

달님이 떠오릅니다.

달님 역시나 항상 말이 없습니다.

지극히 떠올라 어둠을 밝히는 세상에서 가장 큰 가로등입니다.

달님은 이 어둠이 사라질 때까지 너희에게 용기를 줄 거라며 더욱 동그랗게 몸을 부풀립니다.

수백, 수천만 년 동안 해님과 달님은 말없이 그렇게 해 왔습니다.

그처럼 신께선 아주 오래전부터 제 곁에 있었습니다.

절망과 비통에 주저앉아 있을 때, 그때가 가장 신과 가까운 시간입니다.

그러고 보니!

그렇게 하늘에 대고 욕과 삿대질을 열심히 한 후, 며칠 뒤 꿈을 꾸었습니다.

구름과 안개가 자욱한 곳에 신께서 서 계십니다.
전 신에게 허겁지겁 달려갑니다.
땅에 닿을 듯한, 신의 도포를 움켜쥐고 전 따지듯이 신께 묻습니다.

도대체 왜!
제 기도를 들어주시지 않는 거죠?

신께서 웃으며 말씀하십니다.

난 이미 너에게 많은 것을 주었단다.
너의 뒤를 돌아보렴.

어느새 저의 등 뒤엔, 저의 아내와 어린 두 딸이 방긋 웃으며 서 있었습니다.
그러나 제가 원하는 건 따로 있었습니다.
전 신께 다시 따지듯이 묻습니다.

아니!
이거 말고요.

제가 진정으로 원하는 것이 무엇인지 아시잖아요?

그걸 주셔야죠.

네?

신께선 다시 제게 웃으며 말씀하십니다.

난!

지금까지 그래 왔던 것처럼.

네가 원하는 것을 주지 않을 것이란다.

앞으로도 난!

너에게 내가 주고 싶은 것만을 줄 것이란다.

신의 말씀에 화가 난 저는 소리칩니다.

아니!

세상에 그런 게 어디 있어요.

제가 받고 싶은 걸 주셔야죠!

네?

그러나 신께선 더 이상 나에게 할 말이 없으신지 사라지려 하십니다.

이제 그만.

너의 세상으로 돌아가렴.

이런!
신의 한마디에 의식이 돌아오려 합니다.
전 꿈을 꾸면서도, 지금이 꿈이란 걸 알고 있었습니다.

아!
안 돼.
지금 놓치면 또 언제 만난다고!

그러나 신께선 야속하게도 할 말만 하고 사라져 버리셨고, 신의 손짓에 그만 전 의식이 깨어나 버렸습니다.
지금도 전 그날의 기억을 잊지 못합니다.
그렇게 간절하게 원하던 신의 대답을 듣지 못한 채 꿈에서 깨어나 버린 그날.
억울함과 속상함에 얼마나 많은 이불 킥을 했는지!

그날 이후로 제가 깨달은 건!
신께선 인간이 원하는 방식으론 절대 답을 주지 않는다는 것입니다.

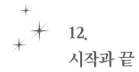

12.
시작과 끝

한겨울답게 몹시 춥고 날씨가 흐립니다.

반짝반짝거리던 맑은 호수에도 바람과 구름의 그림자가 먹물처럼 몽글몽글 번집니다.

하필이면, 이런 춥고 우중충한 날씨에 신께서는 테라스에 앉아 커피를 드시고자 하십니다.

혼자서 드시면 될 것을 군이 또 저를 나오라 하십니다.

목덜미가 시큰해지고 춥습니다.

휘몰아치는 바람에 저의 머리칼은 제멋대로 휘날립니다.

그러나 신께서 앉아 있는 주변으로는 바람 한 점 불지 않습니다.

부드럽고 따뜻하고 평안합니다.

전!

슬금슬금 더욱 신의 곁으로 붙습니다.

그런 저의 모습을 보며 신께서 씩 하고 웃으며 말씀하십니다.

그래!

바로 그것이란다.

그렇게 항상 내 곁에 가까이 있으렴.

내가 너희들에게 가장 원하는 것이 바로 이것이란다.

난 이 땅의 일부 종교인들이 강조하는 재물에는 관심 없단다.

그건 그들의 생각일 뿐이지!

난 너희들이 소중하게 생각하는 것들을 빼앗지 않는단다!

다만, 지금처럼 내 곁에서 떠나지 말고 항상 날 바라보며 내 곁에 있으렴.

이것이 너와 나의 관계의 시작이자 끝이니라.

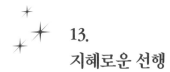

13.
지혜로운 선행

겨울 찬바람에 드디어 호수에 얼음이 얼었습니다.

이번 겨울은 럭비공 모양으로 얼어 버린 호수처럼 어디로 튀어나갈지 전혀 예측할 수가 없습니다.

덕분에 여기저기 흩어져 있던 청둥오리들이 또다시 모여 반상회를 엽니다.

아마 오리들도 이 겨울을 어떻게 이겨 내야 할지 고민이 많은가 봅니다.

사람이나 동물이나 이 세상을 살아간다는 것이 참 쉽지가 않습니다.

무언가를 얻기 위해서는 그만한 노력이 필요하지만 그것을 달갑게 생각하는 경우는 흔치 않습니다.

쉽게 얻은 건 쉽게 잃어버린다는 걸 알면서도 우린 가끔 그런 사실을 잊고 삽니다.

사람들이 던져 주는 먹이에 익숙했던 오리들 역시 분명 지금은 후회가 많을 것입니다.

추운 겨울이 오기 전 고생스럽더라도 영양가 많은 물고기들을 열심히 잡아 배 속에 축척해 둘걸, 하고 말이지요.

아마 이 세상이 더욱 어둠으로 짙어지면 우리들 역시 그렇지 않을까? 하는 생각을 문득 하게 됩니다.

찬 바람이 불자 쌓여 있던 눈들이 하얀 꽃잎처럼 호수 주변으로 아름답게 퍼져 나갑니다.

창밖을 바라보며 계속 구시렁거리고 있는 저를 신께서 부릅니다.

이리 좀 앉아 보렴!

아… 네.

무엇에 그리 화가 난 것이냐!
하루 종일 너의 얼굴에 불만이 가득하구나.
혹시!
아직도 나에게 섭섭함이 남아 있는 것이냐?

아니요!
그럴 리가요.

그럼 왜 그러느냐?
나에게 말해 보렴.
넌 요즘 신을 곁에 두고도 전혀 인지하지 못하는 것
같구나.
흠!

그동안 나의 존재감이 그렇게도 없었나?

예전처럼 다시 한판 해야 하나.

히익!

무슨 말씀을요.

전 항상 신께서 제 옆에 계신다는 걸 뼈저리게 느끼
고 있다고요!

그럼 어서 나에게 말해 보렴.

무엇 때문에 그러는지.

음!

그건 다름이 아니라요.

사람들이 점점 길들여지는 것 같아서요.

누구에게 말이냐?

세상의 권력자들과 보이지 않는 세력들에게요.

왜 그렇게 생각하느냐?

사람들이 노력과 재능으로 꿈을 이룰 수 있는 사회
를 만들기보단, 오히려 가난해지도록 만들어 권력

과 잘못된 정책에 순종하는 사람들로 만들려는 것 같아서요.

전 그것이 너무 속상해요.

어떨 땐 자다가도 벌떡벌떡 일어난다니까요!

정말 나라와 국민을 위하는 정치는 없는 것 같아서요.

흠!

그래서 요즘 천사들이 널 걱정하였나 보구나!

겨울 맞은 곰처럼 잠이 많던 네가 요즘은 새벽마다 일어나 호수를 배회한다며 말이지.

헉!

그동안 천사들이 절 감시하고 있었나요?

녀석!

감시가 아니라 널 보호하는 거란다.

넌 앞으로도 할 일이 많은 빛이거든!

그리고 이젠 너도 알아야 한단다.

신이 인간을 위해 선을 행하는 방법과 인간이 인간에게 하는 선행은 다르다는 것을.

무엇이 다른가요?

사실 요즘 전 굉장히 예민해져 있었습니다.

신과 함께한 그날부터 세상을 움직이는 모든 것들이 선명해지기 시작했기 때문입니다.

세상의 파도만 바라보던 저의 눈에 언제부터인가 그 파도를 움직이는 바람의 흐름이 느껴지기 시작했습니다.

그렇게 조각난 세상의 모든 파편들이 퍼즐처럼 하나하나씩 맞추어지고 있었으니 그 혼란스러움에 머리가 아팠습니다.

신께서 말씀하십니다.

인간이 인간에게 무언가를 베푸는 건, 좋은 일이지만 더불어 그 사람의 능력을 깨우치도록 하거나 마음에 진실한 깨달음을 주는 건 어려운 일이란다.

결국 그러한 선행은 단발성으로 끝나 버리거나 의지력만 약하게 만들어 스스로의 자생능력을 약하게 만들 수도 있지.

더구나 그것이 세상의 권력자들과 어둠의 세력에 의한 치밀한 전략이라면 너흰 더욱더 그럴 수밖에 없단다.

그런 것들 대부분은 연속적으로 일어나 사람들의 자유 의식을 점점 가난하게 만들어 버리거든!

가난이 죄는 아니지만 그것에 빠져 버리면, 옳은 것

보단 결국 자신에게 좋은 것만 선택하게 된단다.

옳고 그름을 분간하는 인간의 고유한 지성과 양심을 잃어버리는 것이지.

그렇게 너흰 그들의 의도 되로 길들여지며 통제에 익숙해지는 것이란다.

세상의 권력자들과 세력들이 그러한 정책을 쓰는 건 생각의 자유를 잃어버린 이들이 많을수록 그 사회를 더욱더 마음대로 조종하기 쉽기 때문이야.

그래서 너희가 진실로 자유로워지려면 더욱더 가난에서 벗어나야 한단다.

물론 그건 단순한 물질적인 가난뿐 아니라 정신적인 빈곤도 포함해서이지.

의식주의 굴레에서 몸과 마음이 자유로워야 너희는 스스로 진실에 대한 의문을 품게 되니 말이다.

결국 루시 엘이나 그의 보이지 않는 세력들이 가장 두려워하는 건 너희가 가진 진실에 대한 의문과 갈급함이었단다.

그것이야말로 이 세상을 지배하고 있는 자신들의 목에 닿은 날카로운 검과 같은 것이기 때문이야.

그래서 그들은 아주 오래전부터 두려운 마음에 에덴의 선악과를 이 땅에도 가져와 온 세상에 심어 놓았지.

그것은 세상의 부귀함과 가난 그리고 욕망이라는

이름으로 태어나 지금도 너희의 순결함을 시험하고 있단다.

그렇게 하늘에서나 이 땅에서나 너희는 선악과로 인하여 혼란스러워하지.

사실 그것이야말로 루시 엘의 가장 강력한 무기이기도 하지만 말이다.

그러니 너희는 이 땅에 남아 있는 동안 뱀처럼 지혜롭고 비둘기처럼 순결해야 한단다.

그것은 책략과 모략에 능한 뱀의 속성을 깨달아 더욱 지혜롭게 어둠과 싸워 승리하라는 뜻이고 그 싸움에 지쳐 쉴 곳이 필요하다면 노아의 순결한 비둘기처럼 언제든 나의 품으로 돌아와 안식하길 바란다는 이야기란다.

세상의 어둠과 체험에 지쳐 내 품이 아닌 다른 곳으로 날아가지 말렴.

그것은 루시 엘과 그의 세력들이 진실로 바라는 것이니.

내가 태초에 빛으로 태어난 너희에게 바라는 건 오직 단 하나.

언제나 내 곁에 있으렴.

그리고 이 땅에서의 진정한 선함이란 너희가 날 사랑하고 닮아 가는 과정 중에 저절로 이루어진단다.

그건 이미 날 닮은 너희의 존재 자체가 이 땅의 어
둠을 밝히는 빛과 악을 정화하는 소금이기에….

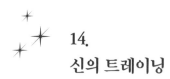

14.
신의 트레이닝

오늘도 전 이른 새벽 시간에 일어나 호수 주변을 산책하고 있습니다.

동이 트려면 아직 멀었으니 분명 이곳엔 저 말고는 아무도 없을 것입니다.

호수 주변을 기분 좋게 걷다 문득 밤하늘을 바라봅니다.

그 순간 작은 별똥별이 꼬리를 흔들며 머리 위로 사라집니다.

아!

이 얼마나 신비로운 세상인가?

마치 밤하늘의 수많은 별들이 저의 심장 고동소리에 맞추어 숨을 쉬는 듯합니다.

그래!

그렇게 우주의 고동이 느껴지는 심장이라면 넌 더욱 더 성장할 수 있단다.

앗!

깜짝이야!

어느새 신께서 제 옆에 서 계십니다.

아니!
이 시간에 여긴 웬일이세요?

신께서 씩 웃으며 말하십니다.

웬일이긴!
내가 만든 아름다운 세상에서 산책하고 있지 않느
냐?
참 좋구나!
어둠은 어둠대로 빛은 빛대로.
내가 만든 세상이지만 난 참 재주도 좋아!
하하하하.

역시나 저의 지나친 자기애는 신에게서 물려받은 것이
분명합니다.

전 어릴 적에 악몽에 자주 시달렸습니다.
전 그것이 그저 꿈인 줄만 알았습니다.
하지만 전 어느 날 밤, 저의 눈을 선명하게 가득 채우는 이 세상엔 없어야 하는 존재들을 마주하게 되었습니다.

그것들은 깡마르고 어둠처럼 검었으며, 귀와 손톱은 뾰족하고 눈과 입이 쭉 찢어져 붉은빛을 토해 내고 있었습니다.

흔히 말하는 도깨비나 악령 또는 예쁜 처녀귀신?

그런 건 오히려 낭만적인 것이었습니다.

전 열여덟 살 무렵부터 근 2년간을 이 흉측한 것들과 치열하게 싸워야 했습니다.

황혼이 지나고 밤이 오면 그것들은 어김없이 나타나 저를 괴롭혔고 새벽까지 사투를 벌여야 했습니다.

전 피골이 상접해져 갔습니다.

두 눈은 초점이 흐리고 쾡 했으며 학업도 정상적으로 이어 갈 수가 없었습니다.

그러나 전 그 누구에게도 도움을 청할 수가 없었습니다.

다들 제가 미쳤다고 생각할 테니 말입니다.

그러던 어느 날이었습니다.

전 그 흉측한 존재들이 저에게 찾아오는 이유를 알게 되었습니다.

그 뒤로 전 오기가 발동해 그것들과 더욱 죽기 살기로 싸웠고 어느 날 그것들을 극적으로 물리칠 수 있었습니다.

사실 치고받고 싸우면서 머리끄덩이도 많이 잡혔지만 말입니다.

전 나중에야 알게 되었습니다.

그 존재들의 정체가 귀신을 부리는 악마들 중의 한 부류였고, 그것들이 나를 괴롭힌 건 세상을 스스로 마감케 하려는 목적이었다는 걸.

그 존재들은 그렇게 세상을 돌아다니며 이 땅에서 쓰임 받을 만한 빛들을 찾아가 괴롭혔고 결국 그들을 정신 이상자나 폐인으로 만든다는 걸 말입니다.

어쨌든 전 그 존재들과 치열하게 싸워 이겼으며, 그 이후부터 그것들은 제 앞엔 얼씬도 거리지 않게 되었습니다.

그 후, 전 제 앞에 가끔 나타나 얼쩡거리는 조무래기 같은 것들에겐 오히려 협박을 하게 되었답니다.

야!

거기 너.

그래 너! 이리 와 봐.

너 한 번 더 죽고 싶냐?

그러고 보니 저의 삶은 영적인 전쟁터였던 것 같습니다.

말하면 누구나 다 아는 이단 종교와도 치열하게 싸워 왔으니 말입니다.

근데 신은 제가 겪은 것들을 아실까요?

갑자기 궁금해집니다.

신에게 달려가 물어봅니다.

혹시 아시나요?

제가 지금까지 어떤 것들과 싸워 왔는지!

그럼!

당연히 알다마다.

넌 내가 하늘나라에서도 유명하다고 하지 않았느냐?

네가 신천지 강사들과 싸워 그들을 굴복시키고 나의 빛 조각을 그곳에서 구해 나올 땐, 다들 기뻐 환호성을 질렀단다.

그때 넌 그들의 협박과 위세에도 주눅 들지 않고 용감하게 말했지!

당신들은 비겁하다고!

신을 사랑하는 순간 천국은 그저 얻어지는 부산물일 뿐이고.

영생과 재물이 신을 믿는 목적이 되어서는 안 되며, 그걸 더더욱 사람들에게 팔아서도 안 된다고 말이지.

그땐 다들 하늘나라에서 손뼉 치고 난리도 아니었단다.

하하하하.

그럼!

그때의 분위기가 얼마나 살벌했는지도 아셨겠네요?

그래서 내가 널 어릴 적부터 그렇게 단련시키지 않
았더냐!

어!
그럼 그 시꺼먼 것들도 일부러 보내신 건가요?

아니!
그것들은 내가 보낸 게 아니란다.
그건 루시엘이 보내었지!
다만 난 모른 척했을 뿐이란다.

신이 또 얄미워졌다.
말리지는 못할망정 모른 척하다니!
내가 그것들 때문에 얼마나 고통스럽고 힘들었는데!

대체 저한테 왜 그러셨는데요!
제가 미우신건가요?

그럴 리가 있겠느냐!
난 정말 널 아끼고 사랑한단다.
사실은 조금은 걱정이 되기도 했단다.

네가 그것들에게 굴복할까 봐 말이다.

그것들이 보통 집요해야 말이지!

그러나 난 너를 믿었단다.

그렇게 고통을 이겨 낸 넌 이제 그 누구 앞에서도

담담하지 않더냐?

세상의 권력자들 앞에서도 말이다.

그것이 다 나의 오래된 트레이닝 덕분이란다.

하하하하.

신은 분명히 절 약 올리기 위해 이곳에 오신 것이 확실합
니다.

15.
너희가 이 땅에 내려온 이유

오랜만에 커피를 직접 내립니다.

사실 웬만한 일들은 직원들이 다하기에 제가 할 일은 거의 없습니다.

지금 커피를 내리는 것도 신에게 드리기 위해 만드는 것입니다.

신께선 입맛이 무척 까다로우셔서 제가 만들어 드리지 않으면 도통 드시질 않습니다.

커피가 빵처럼 부풀어 오르며 방울방울 터집니다.

제가 만든 커피지만 참 훌륭한 맛입니다.

전 일곱 살 때부터 커피를 만들었습니다.

그보다 어릴 적 기억이 잘나진 않지만 가족들이 말하길 미각과 후각이 남달라서 고기 굽는 냄새만으로도 무슨 고기인지를 맞추었다고 합니다.

발달한 미각과 후각 덕분에 저희 집에 방문하는 엄마의 친구들에게 커피를 대접하는 건 언제나 저의 몫이었습니다.

전 저만의 비법으로 맥심 커피 한 스푼, 초이스 커피 한 스푼 그리고 프림 세 스푼에 설탕 세 스푼을 넣어 커피를 만들었습니다.

그리고 비법을 알려 달라고 하는 어른들의 장난스러운 성화에 잘난 체하며, 그 누구에게도 가르쳐 주지 않았지요.

지금 생각해 보니 커피의 맛보다는 고사리 손으로 커피를 만드는 모습이 어른들이 보기엔 무척 귀여웠나 봅니다.

저희 집은 지역에서도 소문난 굉장히 큰 부잣집이었습니다.

저의 어린 시절은 지극히 풍요로웠고 행복하였습니다.

전 지금도 그 시절이 가장 그립습니다.

그 모든 것이 제 곁에 있었을 때가 말입니다.

그러나 행복한 시절은 그리 오래가지 않았습니다.

그 뒤로 저의 성장기는 매우 초라했고 아픔이었으며 슬픔이었습니다.

있는 자가 없는 자가 되었을 때, 주변으로부터 받는 따가운 눈총과 모멸감은 상상을 초월합니다.

저는 높은 하늘에서 추락한 새였으며, 그렇다고 낮은 땅에 저의 자리가 있는 것도 아니었습니다.

그러나 제가 지금까지의 모든 어려움을 이겨 낼 수 있었던 건, 과거로의 회기 본능 때문이었습니다.

저의 어린 시절 가장 행복했던 그 시절로 돌아가고 싶은 강한 열망 말입니다.

지금 생각해 보면 그 모든 고통과 아픔들이 절 성장시키는 촉진제였던 것 같습니다.

전 참 복이 많은 사람입니다.
신께서 저의 곁에 있으며!
어린 왕자와 장미 그리고 음악과 커피 속에 파묻혀 살고
있으니 말입니다.
언젠가 제가 원하는 저의 모습이 완성되면 모든 걸 내려
놓고, 전 진실을 찾는 여행을 떠날 것입니다.

무슨 생각을 그리하고 있느냐?

아차!
신께서 저의 옆에 계신 걸 깜빡했습니다.

그냥 예전 생각이 나서요.

그래!
추억이란 체험의 일부이며 성장의 발판이기도 하지.

하지만 많이 아픈 추억인데요?

네가 아프다고 생각하는 건, 그렇지 않았을 때가 있
었기 때문이란다.

행복이 충만한 곳에선 그것이 행복인 줄 모르고, 불
행이 가득한 곳 역시 그것이 불행인 줄 모르지.

또한 선이 가득한 곳에서도 그것이 선인 줄 모르며,
악이 가득한 곳 역시 그것이 악인 줄 모른단다.

그래서 이 땅에서 너희의 의식이 낮은 것에서부터,
높은 것까지 체험해야 하는 이유가 바로 여기에 있
지.

이것이 너희가 이 땅에 내려온 여러 이유 중 하나이
기도 하단다.

진실을 개념으로 알고 있는 것과 경험으로 알고 있
는 건 전혀 다른 것이거든!

그럼 이모든 것을 다 체험하면 완벽해지는 건가요?

아니란다.

네?
아니라고요?
그럼 그 뒤에도 뭔가 또 있는 건가요?

신께서 절 바라보며 미소 지으십니다.

물과 불 그리고 바람과 흙의 조화로움에서 태어난

너희는 이미 완벽하단다.

너희는 나의 조각들이지 않니!

다만 너희가 이 땅에 내려온 가장 큰 이유는 너희의 완벽함을 스스로 체험을 통해 깨닫고 확인하기 위해서일 뿐이지.

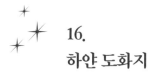

16.
하얀 도화지

저는 그림을 무척 좋아합니다.

비록 제가 그릴 수 있는 건 별로 없지만, 그림을 보면 작가의 생각이나 성격, 성향들이 느껴집니다.

그리고 그것을 유추하는 재미도 무척 쏠쏠하지요.

그림을 배워 볼까 하는 생각도 들긴 하지만, 지금은 다른 목표가 있는 터라 다음으로 미루었습니다.

그래도 오늘은 오랜만에 하얀 도화지 위에 연필 선을 하나씩 그어 봅니다.

조금씩 채워지는 공간이 참 재미있습니다.

아마 화가들도 이 맛에 그림을 그리나 봅니다.

나도 그 맛에 너희를 창조한 거란다.

앗!

깜짝이야.

요즘 신께선 절 놀리는 재미가 쏠쏠하신가 봅니다.

항상 이런 식입니다.

덕분에 요즘엔 화장실 가는 것도 무서워졌습니다.

뭘 그리 놀라느냐!
근데 오늘도 '졸라맨'이로구나.
넌 다른 건 그릴 줄 모르느냐?
쯔쯔쯧.

아!
정말.
그러길래 재능 좀 주시지!
이건 제 잘못이 아니라고요.

네게 그림 재능까지 주면 너의 정신상태가 너무 산만해질 것 같아서 말이다.
그래도 이건 너무하지 않느냐?
허구한 날 졸라맨이라니!

아!
몰라요.
이게 다 신을 닮아서 그런 거라고요!

아니 그것이 무슨 소리냐?
내가 얼마나 예술성이 넘치는 줄 모르느냐!

이 우주와 자연을 보렴, 한 치의 오차도 없이 질서
정연하고 아름답지 않으냐?
네가 이상한 거란다.
크흠.

그래 참아야 한다.
화를 내면 나만 손해다.
그랬다간 또 어떤 봉변을 당하려고!
커피 한 잔을 대충 내려 드릴까 하다가, 후환이 두려워 정
성껏 내렸다.
아!
약한 자의 슬픔이여.

이리 앉거라.

네….

그림 그리는 것이 그리도 좋으냐?

네… 재능은 전혀 안 주셨지만요.

녀석!
소심하게 삐지긴.

하하하하.

그 대신 내가 다른 것들을 너에게 많이 주지 않았더
냐!

네.

물론 그러셨죠.

저도 알고 있어요.

그리고 감사하게 생각하고 있습니다.

오!

이제야 네가 철이 드는가 보구나?

하하하하.

난 이 세상을 창조할 때 하얀 도화지 위에 그림을
그리듯이 했단다.

점과 선을 그리며 하나씩 세상을 완성해 나갔지.

그리고는 가장 중요한 곳에 가장 아름다운 것을 그
려 넣었단다.

그것이 무엇인 줄 아느냐!

아니요.

그것이 무엇인가요?

그건 바로 너희들이란다.

너희는 내가 세상에 그린 것 중에 가장 아름다운 그림이지.

그리고 내가 그랬듯이 너희 역시 너희의 삶을 하얀 도화지 위에 그려 나가야 한단다.

소중하고 아름답고 가치 있게 말이다.

17.
그림의 재료

어느 재능 있는 화가가 있었습니다.

그러나 그녀는 무명화가입니다.

저는 그녀를 우연히 인터넷을 통해 알게 되었습니다.

짧은 시간이었지만 전 그녀의 그림과 글을 통해 그녀의 재능과 고통을 알게 되었습니다.

그녀의 그림 세계는 아직 미완성이지만, 그녀에게는 천부적인 재능이 있음을 전 확신합니다.

하지만 그녀는 몸이 많이 약합니다.

어릴 적부터 모든 걸 혼자 해결해야 하는 환경 때문에 자신을 돌볼 틈이 없었기 때문입니다.

그녀는 이젠 숨 쉬는 것조차, 또 어떨 땐 붓을 들고 있는 것조차 고통스럽다고 합니다.

그러나 그보다 정작 화가인 그녀에게 가장 슬픈 건, 시력이 점점 나빠지고 있다는 사실입니다.

그러나 전 알고 있습니다.

그럼에도 불구하고 희미하게 보이는 세상을 영혼의 힘으로 화폭에 또렷하게 그려 넣는 그녀의 재능을….

전 세상으로 그녀를 끄집어내기 위해 많은 노력을 기울여 왔습니다.

아마도 마음에 상처가 많았던 그녀는 혼자만의 단절된 공간에서 세상 밖으로 나오는 것에 대한 두려움이 무척이나 컸을 것입니다.

그러나 전 그런 그녀에게 말합니다.

당신이 가지고 있는 재능은 당신만의 것이 아닙니다.

당신이 그린 그림 그리고 앞으로 완성될 아름다움을 많은 사람들에게 보여 주어야 할 의무가 당신에겐 분명히 있답니다.

전 믿습니다.

그 어떤 악인도 선한 이 못지않게 아름다움을 추구한다는 사실을 그러므로 아름다움이야말로 선의 일부분이란 걸.

곁에 계신 신께 물어봅니다.

그녀는 왜 고통을 겪어야만 하죠?

부모도 형제도 육체도 자신이 선택한 것이 아닌데!

그녀를 누군가가 조금만 돌봐 주었다면 그 재능을 아름답게 꽃피웠을 텐데요.

그 아이 말이냐?

네.

너무 걱정 말거라.
그 아이의 재능은 그 모든 걸 이기고도 남으니!

정말인가요?

물론이란다.
너희에게 닥치는 고통이나 어려움은 너희의 잠재
능력을 뛰어넘지 못하게 설계되어 있단다.
그것은 내가 만든 우주의 오래된 법칙들 중에 하나
이지.
언제나 그렇듯 너흰 스스로 모든 걸 이룰 수 있단
다.
그리고 넌 그 아이를 알게 된 것이 우연이라고 생각
하느냐?
세상엔 우연이란 없단다.
우연을 가장한 필연만 있을 뿐이지!

이제 너를 통하여 세상에 나온 그 아이의 그림은 앞
으로 많은 이들에게 희망이 될 거란다.

이미 그림 재료는 네가 충분히 주지 않았더냐!

너의 믿음과 확신이 그 아이에겐 가장 훌륭한 재료

란다.

이젠 스스로 어둠에서 나와 빛을 그릴 것이고 세상

을 밝히겠지!

우리 조금 더 기다려 보자꾸나.

하얀 도화지 위에 점과 선이 생기고 아름다운 색채

가 입혀지는 그 순간을.

18.
적과의 동침

어느 추운 겨울, 전 운영하던 카페를 폐점할 수밖에 없었습니다.

이유는 건물주가 다른 사람에게 건물을 매각하였기 때문입니다.

건물의 리모델링이라는 이유로 재계약은 하지 못했으며, 권리금은 고사하고 시설비조차 받지 못하고 카페의 문을 닫았습니다.

그날따라 거센 폭풍우가 몰아칩니다.

세상에도 저의 마음에도….

그날 새벽, 잠을 못 이루는 저에게 아내가 말을 합니다.

당신 이제 어떡할 거냐고?

직장생활이라도 해야 하는 것 아니냐고?

아내의 불안한 마음을 이해는 하지만 전 이제 와서 그럴 순 없다고 말했습니다.

아내가 다시 저의 마음에 비수를 꽂습니다.

결국 당신은 실패한 것 아니냐고?

전 참다못해 아내에게 화를 내었습니다.

누가 날 실패했다고 결정했지?

난 실패하지 않았어!

내가 실패했다고 인정할 땐, 내가 모든 걸 포기했을 때야.

그리고 난 절대 포기하지 않아!

전 이를 악물었습니다.

그 후에 전, 커피 기술과 열정만으로 법인과 커피 공장을
만들었고 예술과 문학을 위한 회사를 만들었으며 분당의
가장 아름다운 호수 앞에 'CAFE. L'을 만들었습니다.

주변에선 다들 기적이라고 말합니다.

그러나 전 기적이라 생각하지 않았습니다.

그 누가 뭐라고 해도, 전 단 한순간도 꿈을 포기한 적이
없었기 때문입니다.

그리고 지금도 저의 꿈은 현재 진행 중입니다.

어느 날 아내는 저에게 이렇게 고백합니다.

포기하지 않고 꿈을 이루어 나가는 당신이 정말 멋지고
부럽다고 그리고 응원한다고.

이제 아내는 제가 '하늘이 노랗다고 하면 노란색이 맞다'
라고 생각합니다.

사실 그동안 무척 외롭고 힘들었습니다.

그건 제가 볼 수 있고 이룰 수 있는 것을 다른 사람은 보지 못하고 알지 못하기 때문입니다.

그들은 제가 무슨 일을 시작하고자 하면 어디서 들었는지 실패한 사례들을 들고 와, 구구절절이 저에게 이야기합니다.

이미 주변에선 제가 일을 시작하기 전부터 부정적입니다.

그러나 전. 삶은 객관적인 것이 아니라 주관적인 것이라고 생각합니다.

세상은 모험의 연속이며 그 모험 속에 용감히 뛰어들 때 기적 역시 일어난다는 사실을 알고 있습니다.

이 세상은 성공한 사람을 모방한다고 해서 똑같이 성공하는 것도 아니며, 다른 사람이 실패했다고 해서 똑같이 실패하는 것도 아닙니다.

그건 각자의 환경과 상황과 열정 그리고 경험과 지혜가 서로 다르기 때문입니다.

위기 속에서의 간절함은 우리의 잠재능력을 최고로 이끌어 냅니다.

이건 경험해 본 사람만이 아는 진실입니다.

그래서 그 누구도 사업의 승패에 대한 확률은 말할 수 있어도, 그 결과를 확정 지을 순 없는 것입니다.

그러나 정말 중요한 건, 꿈을 이루기 위한 노력의 강도는 자신만이 알 수 있다는 것입니다.

그래서 더욱 자신의 노력에 대해선 솔직해야 합니다.

그리고 그 노력에 대해 스스로에게 부끄럽지 않아야 합니다.

사실, 죽을 만큼 노력을 해서도 이루지 못한 일이라면 후회도 없습니다.

그건 이미 자신의 능력 밖의 일이기에.

이 층 창문으로 노을빛이 아름답게 들어옵니다.

그 빛은 파란 호수를 빨갛게 물들입니다.

이제 조금 있으면 세상에서 가장 큰 가로등에 불이 들어오겠지!

한쪽 손에 커피를 들고 노을을 감상하고 계신 신께선 기분이 좋으신가 봅니다.

뭐!

언제나 기분이 좋으시긴 하지만 말입니다.

신께서 물으십니다.

이 커피 이름이 뭐라 했느냐?

달의 기억이요.

그래?

이름처럼 아주 은은하면서도 따뜻한 느낌이구나.

넌!

참 날 닮아 재주도 좋아.

하하하하.

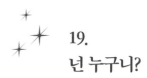

19.
넌 누구니?

전 오랜 시간 신을 찾았습니다.

하지만 신을 섬기는 자들의 탐욕과 오만을 통해 신을 부정하게 되었습니다.

성직자와 신자는 갈수록 늘어났지만 세상은 아름다워지지 않았습니다.

그들 중 일부는 가난한 이들을 무시하며 부자들에게는 호의적이었습니다.

그들의 믿음과 사랑은 그들의 모임에서만 이루어졌으며 세상 밖으로는 나오지 않았습니다.

가끔 구제활동을 하거나 길거리에 나와 전도활동을 하지만 신과 삶에 대해 진실하지 않은 그들은 저의 눈엔 모순으로만 보였습니다.

저 모습이 정말 신이 원하는 모습일까?

전 한때 신이 없다는 걸 증명하기 위해 집요하게 파고들었습니다.

하지만 존재의 실질적인 증거들을 찾게 되면서 마음이

흔들리기 시작했습니다.

그러던 저에게 깨달음을 준 건 오히려 이단 종교였습니다.

전 어느 날 그들의 모임 속에 앉아 슬퍼하는 신을 보았습니다.

그리고 현재 우리나라 종교의 썩은 뿌리를 보았습니다.

결국 전 모든 종교의 탐욕과 오만이 이단의 씨앗을 만들었다는 걸 알게 되었습니다.

인간들이 생각하는 신에 대한 해석이 애초에 잘못된 것이었습니다.

결국 처음 시작부터 잘못된 것입니다.

오히려 진정한 참은 저 낮은 곳에서 몸부림치고 있었습니다.

생각해 보면 신을 십자가에 못 박은 것도 역시 탐욕에 찌든 인간들이었습니다.

맞습니다.

신을 죽인 건 인간들이었습니다.

그리고 지금도 우리는 여전히 신을 죽이고 있습니다.

일부 종교인들은 자신의 욕심을 위해 설교하고 그 대가를 요구합니다.

그리고 신은 바로 이곳에만 있다고 말합니다.

다른 곳에 가면 안 된다고 합니다.

그들은 그것이 신의 뜻이라고 말합니다.

그들이 주장하는 것처럼 신은 정말 한곳에만 있는 걸까?

종교인들은 신자들이 자신의 소유물이라고 생각하나 봅니다.

그들은 신의 위에 서서 신자들에게 군림하고 영향력을 행사합니다.

바로 신의 이름으로 말입니다.

그리고 신자들은 그 사실에 기뻐합니다.

신이 아닌 종교인에게 사랑받는 자신을….

참으로 우습지 않습니까?

신은 온데간데없고, 신의 권세를 이용하는 이들에게 구속되어 있는 인간들의 어리석음이. 이 세상에 있는 이단들은 대부분이 정통 종교를 흉내 낸 이익집단이며 인간의 무지와 탐욕으로 그것을 유지하고 있음을….

시무룩해진 저를 오히려 신께서 위로해 주십니다.

모두가 교만과 탐욕에서 시작된 거란다.

아주 오래전부터!

일부는 서로 이용하고 위안받으며 서로의 이익을 탐했지.

그러나 그들도 이미 깊은 마음속에선 진실을 알고 있었단다.

스스로가 참이 아닌 거짓이란 것을 말이다.

성직자는 나의 이름을 빌어 천국을 팔고 신자들은 그걸 산단다.

다들 봉사하고 헌금을 하면 천국을 가질 수 있다고 생각하지.

그리고 회개하면 다 용서받는다고들 하지만 그것이 진실한 눈물이 아니라면 아무런 의미가 없단다.

그리고 너희들은 정작 나보다 천국을 더 사랑하지 않았더냐!

그러나 정말 날 사랑한다면 천국은 그냥 얻는 작은 선물일 뿐이란다.

왜냐하면 너희들이 날 진정 사랑할수록, 너희들은 날 닮아 가기 때문이지.

날 닮은 너희들이 아름답고 선한 건 당연한 것이 아니겠니?

그러므로 너희들이 있을 곳은 내가 있는 그곳밖에는 없을 거란다.

난 언제나 지켜보고 있단다.

생명의 마지막 끝에 너희들이 그 모든 것을 깨닫고 나의 곁으로 올 수 있기를….

간밤에 꿈을 꾸었습니다.

그 속에서 큰 뿔 달린 악마가 나타나 저에게 거래를 요구
합니다.

네가 원하는 모든 걸 다 들어줄게.
그것이 무엇이든지.
그 대신 너의 영혼을 나에게 주렴!

전 큰 뿔 달린 악마에게 말합니다.

주고는 싶지만 내 영혼은 내 것이 아니야!
내 것이 아닌데 어떻게 너와 거래를 할 수 있겠어?

뭐!
네 것이 아니라고!
그럼 그것이 누구 건데?

당연히 하나님 거지!

악마의 얼굴이 점차 일그러집니다.

아!
정말 왜 다들 나타나 날 못살게 구는 건데!

20.
루시 엘의 음모

세상이 참 이상하다는 생각이 처음 든 건, 10대 후반이었을 것입니다.

그리고 그걸 확신한 건 20대 후반 무렵이었습니다.

전 어릴 때부터 세상의 진실에 대해 알고 싶어 했습니다.

하지만 현실이 그걸 가로막았습니다.

인터넷이 발달되지 않은 그 시절엔 너무나 많은 것들이 감추어져 있었습니다.

그렇다고 인터넷이 발달한 지금이라고 제가 원하던 진실에 대해 접근한 것도 아니었습니다.

이 세상에 떠도는 이야기들이 너무도 많아 무엇이 진실이고 거짓인지 구분할 수 없었기 때문입니다.

누가 이 세상을 조종하고 있는지?

그들이 누구인지?

그들이 하고자 하는 일들과 원하는 것이 무엇인지?

그리고 승자에 의해 쓰인 역사가 아닌, 진짜 역사에 대해 전 알고 싶었습니다.

하지만 이것을 이루기 위해선 전 자유로워야 했습니다.

그러나 어느새 가장이 되어 버린 전, 가족을 지켜야 했고 안정을 이루어야 했습니다.

결국 이 세상의 파도에 흔들리지 않을 충분한 방어막을 가족에게 친 후에야, 전 제가 원하는 진실을 찾을 수 있다는 걸 알았습니다.

그리고 그걸 이루는 순간, 전 세상의 족쇄에서 자유로울 거란 것도 알고 있었습니다.

호숫가에서 출랑대며 뛰어노는 강아지를 지긋이 바라보시던 신께서 저에게 말씀하십니다.

난 너희에게 진실이라는 유산을 남겨 주고 싶었단다.
그러나 나의 말은 일부 성직자들에 의해 왜곡되기도 또는 잘못 해석되기도 했지!
그리고 나의 이름으로는 불가능한 것들이 종교라는 이름으로 세상에 수없이 자행되어 왔단다.
그동안 너희는 왜 수많은 시간 동안 단 한 번도 스스로 의문을 품지 않았더냐?
나의 이름을 빌어 이 땅에 행해지는 수많은 일들을 말이다.
나의 이름으로 전쟁을 일으키고, 나의 이름으로 재물을 빼앗고, 나의 이름을 빌어 하늘 높이 성전을 지으면 내가 기뻐할 줄 알았더냐?

너희가 믿는 나는 진정 무엇이더냐.

내가 나의 권위를 너희가 말하는 성직자들에게 온전히 주어, 그들이 하는 말이 나의 뜻이고 오직 진리라고 내가 약속하였느냐?
내가 그들의 머리에 기름을 부은 것이냐, 아니면 종교와 신학이 그들의 머리에 기름을 부은 것이냐?
너희는 이 모든 것들이 나의 뜻이라고 생각하였느냐?
그럼 대체 내가 너희를 괴롭히는 루시 엘과 다른 것이 무엇이더냐?
너희는 어찌 나의 이름을 빌어 마녀 사냥하듯 불태워지는 이 모든 진실들에 대해 단 한 번도 의심하지 않았더냐!
오래전 나의 의지대로 불꽃의 씨앗 같은 악들을 모두 멸하였더라도, 그것은 그 씨앗들에게 또 다른 기회를 주기 위해서였다.
너희는 죽지 않는 불멸의 영혼임을 잊어버렸느냐?

전 신의 말씀에 식은땀이 흐릅니다.
그동안 저에게 이렇게 강하게 말씀하신 적이 없었기 때문입니다.

저기요.

신님!

전 잘못한 거 없어요.

왜 저한테 그러세요!

무서워요.

너만은 절대 잊지 말라는 뜻이다.

내가 넌 할 일이 많은 빛이라 하지 않았느냐!

세상의 진실이 사라지고 어두워진 건, 루시 엘의 음모이기도 했지만 너희들의 과도한 탐욕 때문이기도 하단다.

사실 그 오래전 내가 만든 축복의 땅에서 너희가 떠났던, 그 순간부터 이 모든 것들은 예정되어 있었지.

나의 땅에서 벗어난 이 세상은 어떤 형태로든지 너희들에게 땀과 노동을 강요하기 때문이야.

생각해 보렴.

너희들이 세상의 진실에 대해 깊은 의문을 품을 여유가 그동안 얼마나 있었는지를….

루시 엘이나 그의 추종자들의 계획은 너희들의 삶과 세상의 진실을 통제하고 생각의 자유를 박탈하는 것이었단다.

너희는 그동안 그것에 기꺼이 동조한 것이고!

또한 그것이야말로 그들이 가장 원하는 것이기도 하지.

그래야만 자신들이 원하는 세상을 만들 수 있거든!

그리고 이 모든 것들은 국가를 초월하여 전 세계의 모든 곳에서 일어나고 있단다.

루시 엘과 그의 추종자들의 계획대로 된다면 너희의 자유 의지는 물론 신을 사랑하는 마음조차도 통제당할 것이야.

그럼 전 이제 어떡하지요?

가슴이 답답해집니다.

예전부터 느끼고 있던 의문들이 저의 머릿속에서 조금씩 풀리고 있었습니다.

언제나 지혜롭게 깨어 있으렴.

흐트러진 것들은 언젠간, 다시 제자리로 돌아오는 것이 우주의 법칙이란다.

루시 엘도 너희도 이 세계도 모두 그 법칙에 속해 있지.

내가 그들을 그냥 두는 이유 역시도 그들의 계획조차 나의 법칙에 속해 있기 때문이야.

그리고 가장 중요한 건, 언제나 내가 너희들 곁에
있다는 것이지.
이것이야 말로 세상의 변하지 않는 진실이란다.

그러고 보니 지금 이 순간도 신께선 저의 옆에 계십니다.
구름 뒤로 태양이 얼굴을 내밀자 호숫가에 붉은 물감이
번지기 시작합니다.
언제나 이 세계의 법칙은 변함없이 한결같습니다.
그분과 함께.

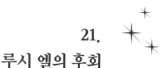

21.
루시 엘의 후회

전 지금 꿈을 꾸고 있습니다.

그러나 지금 꿈이라는 걸 스스로 인지하고 있습니다.

전 어떨 땐 꿈에서도 꿈을 꾸었고 그 꿈속에서도 또 한 번 꿈을 꾸는 신기한 일들을 겪었습니다.

그럴 땐 한 번도 가 보지 않은 깊은 심연에 온몸을 담근 것처럼 허우적댔지만, 꿈이란 걸 자각할 수 있었기에 위기에서 벗어날 수 있었습니다.

그런데 오늘은 드디어 그가 나타났습니다.

루시 엘.

그가!

난 굶주림이고 어둠이다.

난 너희들의 마음의 상처이고 너희 영혼의 얼룩이다.

결국 너희의 무지함이 이 세상의 지옥문을 열었다.

깊은 혜안으로 세상을 바라보면 어둠으로 가려진 우리의 세상이 보인다.

우린 선의 모습을 하고 언제나 천사의 입으로 노래를 하지.

나의 추종자들에게 순간의 안정을 대가로 진실과 자유와
영혼을 파는 너희들은 이 땅에 떨어진 어리석은 빛 조각들
일 뿐이다.

난 너희의 곁을 떠나지 않아.

루시 엘이 저에게 으르렁거리며 말합니다.

왜 그렇게 인간들을 미워하지?

인간들이 너에게 잘못한 건 없잖아!

너희의 존재 자체가 나에겐 증오이고, 내 영혼의 얼룩이다.

신은 날 만들고 너희를 만들었지만, 난 하등한 창조물인 너
희들과는 달랐다.

그러나 신은 결국 너희만을 축복하였지.

그것의 가치도 모르는 하찮은 빛 조각들에게 말이다.

난 너희가 밉고 신은 더욱더 밉다.

너희의 궁핍함과 타락이 나에겐 무기이고, 너희의 고통이
신에겐 눈물이지!

난 너희의 곁을 절대로 떠나지 않아.

루시 엘의 말에 전 가슴이 답답해집니다.

그에게 다시 물어봅니다.

그래서 루시 엘 네가 얻는 건, 도대체 뭐지?

그건 영원한 시간이지!
난 너희들의 시간을 빼앗는 거야!
자신들이 누구인지도 모른 채, 앞으로 수만 년이 지나도 신
의 곁에 절대 갈 수 없도록 말이지.
그리고 나의 왕국을 이 땅에 만들어 스스로 타락하고 죄의
식에 빠져 영원히 신을 잃어버리도록 말이지.

아니.
루시 엘!
그것 말고 너의 진짜 이유를 말해 봐.
인간의 고통이 너에게 즐거움을 준다 해도 그것이
너에게 이득이 되는 건 아니잖아.
진짜 이유가 뭐지?

그건 나에게 모멸감을 준 신을 아프고 슬프게 하는 것이지!
너희를 통해서 말이지.

아니야!
그 또한 이유가 되지 않아.
너도 어차피 신의 창조물이잖아.
어떻게 별이나 태양이 우주에게 모멸감을 느낄 수

있겠어.

그것 말고 진짜 이유를 말해 봐.

왜 그토록 인간들에게 집착을 하는지!

너도 알고 있잖아?

흐트러진 진실은 언젠가는 다시 질서를 찾는다는 걸!

처음이 있으면 끝이 있듯이.

도대체 넌 결말을 알면서도 그러는 이유가 뭐지?

루시 엘이 침묵을 지킵니다.

…….

그는 알고 있었을 것입니다.

신이 저의 곁에 머물고 있다는 것을….

그렇지 않고서야 자신의 입으로 말하는 하찮은 빛 조각 뿐인 저에게 나타날 이유가 없으니 말입니다.

저의 마음에 사실 어렴풋이 집히는 것이 있었지만 내색은 하지 않았습니다.

침묵 속에 시간이 흐릅니다.

보통 이쯤 되면 꿈이 깨어야 하는데 그렇지도 않습니다.

오늘은 정말 특별한 날인가 봅니다.

이윽고, 루시 엘이 침묵을 깹니다.

신은 너희에겐 사랑과 용서로 대했고 나에겐 엄격했다.

난 그것이 싫었다.

전 그에게 다시 말합니다.

그건 창조의 목적이 서로 달랐기 때문이잖아.

천사는 세상을 보호하고 지키는 군인이자 전령으

로, 인간은 신민으로 창조된 걸 너도 알 텐데.

그리고 이 땅에서의 인간의 생명은 유한하잖아.

너희는 영원하고.

아니!

그렇지 않다.

영원한 건 나나 너희나 마찬가지야.

너희가 그 기억을 잃어버린 것뿐이지.

너희 역시 나처럼 불멸의 영혼을 가지고 있다.

우린 태초부터 그렇게 창조되었지.

난 그것이 공평하지 않다고 생각했다.

나를 추종하는 다른 천사들도 함께 말이다.

그래서 변심한 거야?

단지 그 이유 때문에….

아니! 그렇게 간단한 문제가 아니었다.

너희들이 창조된 날 신은 모든 천사들이 한 인간 앞에 무릎 꿇기를 원하였다.

신을 닮은 형상이라는 이유 하나만으로….

난 도저히 납득할 수가 없었다.

난 천사 중에도 가장 높은 곳에 있었으며 완벽한 아름다움 이었고, 나의 권능은 그분 다음이었다.

너희들처럼 굳이 자신을 찾아야 하는 번거로움이나 체험 같은 건, 필요도 없었을 뿐더러 불필요한 감정 따윈 배울 필 요도 없었다.

그 존재자체로서 난 완벽했지.

하지만 시간이 지나서야 난 알게 되었다.

너희가 겪는 그것이야 말로 신의 진정한 축복이었다는 걸!

난 행복이라는 감정을 알고는 있었지만 그걸 느껴 보진 못 했다.

사랑과 슬픔 또한 알고는 있었지만 그 또한 겪어 보진 못했다.

고통과 눈물의 의미는 알고는 있었지만, 그 아픔과 눈물의 차가움을 느껴 보지 못했다.

출산과 희망 그리고 가족이 만들어지고 번성하는 이 모든 것을 알고 있었지만, 단지 개념으로만 알고 있을 뿐, 이 모든 것들 중에 내 것은 아무것도 없었다.

결국 체험과 경험이 없는 영원함이란 불완전함이었다.

난 너희들이 이 땅에 창조되기 전부터 신에게 허락을 구했다.

난 그럴 자격이 있다고 믿었다.

난 천사 중에 천사였으며 가장 완벽한 상위의 존재였다.

그러나 신은 나에게 자유 함을 허락하지 않았다.

나의 상실감은 시간이 지날수록 점점 커져 갔다.

결국 그것은 분노가 되었고 난 신에게 대항하였다.

딱! 한 번이었다.

겨우 딱 한 번….

그러나 신은 날 용서하지 않았다.

결과는 너도 알다시피 난 이 땅의 가장 깊숙한 곳으로 내동댕이쳐졌다.

그와는 반대로 신은 나에겐 주지 않던 것을 너희들에겐 아낌없이 주었다.

그런 너희들이 난 너무 미웠다.

그래서 난 신이 사랑하는 모든 걸 파괴하기로 마음먹었다.

그리고 축복의 땅에서 이 모든 걸 누리던 너희들을 이 차가운 땅 맨 밑바닥으로 끌어내려 처절하게 고통을 주기로 마음먹었다.

그리고 난 결국 해냈다.

내가 원하는 대로, 지금 너희가 겪고 있는 대로 말이다.

신은 내가 다시 깨닫고 돌아오길 원했을지 모르지만, 난 그 당시 분노에 차 있었다.

그래서 이 땅을 더욱더 차갑고 고통의 땅으로 만들어, 다시
는 너희들이 신을 기억하지 못하도록 만들고 싶었다.

그래!
그래서 결국 신의 아들까지 죽인 거였어?

나의 말에 루시 엘의 목소리가 격앙됩니다.

아니!
난 그를 죽이지 않았다.
그를 죽인 건 내가 아니라, 신을 잃어버린 너희들이지!
하지만 결국엔 그게 나의 실수였다.
그가 신의 의도 되로 죽게 내버려 두는 것이 아니었는데!
결국 그로 인해 너희는 다시 신의 구원을 받게 되었으니 말
이다.
…….

루시 엘!
한 가지만 더 물어볼게.
왜 내 앞에 나타난 거지!

루시 엘이 저에게 말합니다.

난 네가 이 땅에 태어날 때부터 널 알고 있었다.

넌 신의 사랑과 은총을 받고 이 땅에 왔지.

난 네가 신의 뜻대로 성장하는 걸 원치 않았다.

그래서 나의 병사들을 보내어 널 죽도록 괴롭히기도 했지.

난 네가 철저하게 부서지고 좌절하길 원했다.

결국은 모든 것이 실패로 끝나긴 했지만 말이다.

루시 엘.

그것 말고 진짜 이유를 말해 봐!

그런 빛 조각들이 이 땅에 어디 한둘이겠어?

고작 그런 이유로 내 앞에 나타난 것이 아니잖아!

혹시!

그분에게 전하고 싶은 말이 있어서 그런 거 아니야?

그건….

루시 엘이 순간 머뭇거립니다.

전 루시 엘이 왜 그러는지 이제 알 수 있었습니다.

그가 꿈에 나타난 이유도 말입니다.

결국 참다못한 제가 먼저 그에게 말합니다.

루시 엘…

지금 너….

후회하고 있구나.

그때를….

가장 빛나고 아름다운 천사였던 네가….

변심했던 그때를….

침묵하던 루시 엘이 갑자기 버럭 화를 냅니다.

감히!

한 조각 빛 주제에 뭘 안다고.

난 가장 완벽한 존재야!

나의 말 한마디에 모두가 두려움에 벌벌 떨지!

그런 내가 후회를 한다고?

감히!

흥!

꼴도 보기 싫으니 저리 꺼져 버려!

아이 씨!

아니면 그만이지.

왜 그렇게 화를 내고 그래!

무섭게.

전, 루시 엘의 손짓 한 번에 그렇게 꿈에서 깨어났습니다.

창밖으로 어렴풋이 새벽이 밝아 오고 있습니다.

전, 심력이 고갈된 채 멍하니 앉아 중얼거립니다.

루시 엘 그는 정말 후회하고 있는 걸까?

그때를….

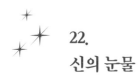

22.
신의 눈물

어젯밤의 꿈 때문에 전 너무나 지쳐 있었습니다.

루시 엘과의 대화는 너무 많은 심력의 소모를 일으켰고, 그로 인해 가뜩이나 심하던 저의 다크서클은 턱 밑까지 내려와 있었습니다.

앗!

깜짝이야.

직원들이 절 보곤 놀랍니다.

그 누가 봐도 저것이 사람인지 곰인지 구분이 안 가나 봅니다.

전 커피 한 잔을 들고 털래털래 카페의 이 층으로 올라가 자리에 털썩 주저앉았습니다.

저의 자리는 이 층의 가장 구석진 곳입니다.

햇빛과 호수가 반짝이는 창가 자리는 언제나 신께서 꿰차고 계십니다.

뭐, 어쩔 수 없습니다.

어차피 이 세상이 모두 그분의 것이니!

뭘, 또 그렇게 혼자서 궁시렁대느냐?

에고고.
오셨어요!

흠.
근데 얼굴 꼴이 말이 아니구나.
간밤에 무슨 일이 있었느냐?

도대체 모든 걸 알고 계시면서도 굳이 모른 척 물어보는
이유는 뭘까?

잘 아시면서 저한테 물어보고 그러세요!

허!
지금 나한테 화를 내는 것이나?

그 한마디에 저의 혼미했던 정신이 다시 반짝 돌아옵니다.

에이.
설마요!
그냥 제가 좀 피곤해서 그래요.
근데 신께선 오늘따라 더욱더 빛이 나시네요.

히!

그래 아부만이 살길이다.

크흠.
내가 좀 빛이 나긴 하지!
하하하하!

에고.
나에게 평화는 언제쯤 오려나.

간밤에 루시 엘이 나타난 건 아시죠?

그래.
알고 있단다.

근데 왜 모른 척하고 물어보셨어요?

그래야 좀 더 인간적으로 보이지 않겠느냐!

네?
아니!
신께서 인간적으로 보여서 뭐 하시게요?

너희는 항상 너희의 기준에서 날 규정짓고 형상화
하지 않더냐.

너희가 생각하는 것과 조금만 달라도 너희는 날 신
이라고 생각하지 않았지.

그동안 너희는 원하는 대로 보길 원하고, 듣길 원하
며 신은 이렇게 생겼을 것이고 또는 저렇게 생겼을
것이라고 단정 짓지 않았느냐.

그래서 내가 너희들 앞에 잘 나타나지 않는 거란다.

너희들이 생각하는 모습으로 나타나지 않을 땐, 나
조차도 부정당할 테니 말이다.

하물며 신조차 이럴진대, 천사들은 오죽하겠느냐?

너희는 언제나 하얀 도포에 하얀 날개를 달고 나타
나야 그들을 천사라고 믿지 않았느냐.

들고 보니 그렇습니다.

저 역시도 천사가 청바지나 미니스커트를 입고 나타난다
면, 천사라고 생각하지 않을 테니 말입니다.

근데!

만약에 천사가 미니스커트를 입으면 어떤 모습일까?

흐흠….

왠지 기분이 흐뭇해집니다.

그래 그건 그렇고.

루시 엘이 뭐라더냐?

신께서 물어보십니다.

화가 많이 나 있던데요.
뭐!
그냥 일단은 무조건 밉대요.
신도 인간도!

그래도 루시 엘이 두 가지는 경험했구나!
분노와 미움에 대해서 말이다.
그럼 언젠가는 사랑과 용서라는 것에도 경험을 하
겠지.
그리고 또 뭐라더냐?

신의 아들이 인간들에게 죽임당하는 것을 막지 못
한 게 후회스럽대요.
그 때문에 인간들이 다시 신의 구원을 받을 수 있게
되어서요.

나의 아들도 그것을 피하고 싶어 했지만 너희를 사
랑하는 마음이 더욱 컸기에 너희의 짐을 대신 짊어
진 거란다.

그 아이의 눈물이 곧 나의 눈물이었지.

그러나 애초에 나의 아들이 이 땅에 내려와서 싸운 건, 루시 엘이 아니라 나를 사칭해 배를 불리는 제사장들과 기득권을 가진 자들과의 싸움이었단다.

나의 앞에선 그 누구도 평등하다는 것을 잊은 채, 그들은 나의 집을 장사치들에게 팔았고 물질만을 탐하였으며 나의 집에 오고자 하는 나의 빛들을 가로막았지.

바로 나의 이름으로 말이다.

결국 나의 아들이 너희에게 전하고 싶었던 건, 너희를 지극히 사랑하는 나의 마음과 신은 그 어느 곳에나 있다는 사실이었단다.

너희는 신이 정해진 장소에만 나타난다는 것이 정말 말이 된다고 생각하느냐?

난 너희가 모여 있든, 혼자 있든 또는 이곳에 있든, 저곳에 있든, 이 하늘 아래 존재하는 모든 곳에 있단다.

너희가 날 향해 이야기하는 곳이 그 어디든, 난 항상 너희가 말하면 듣는단다.

그리고 나의 방식대로 너희에게 말을 하지.

너희가 간절할 때 가슴속에서 울리는 가장 깊고 무거운 말이 곧 나의 말이란다.

세상의 진리는 아주 단순하단다.

너무 곧고 명확하고 선명하여 오히려 너희들이 의심을 할 정도로 말이지.

그러니 이제부턴 너희의 깊은 가슴속에서 울리는 나의 음성에 귀를 기울이렴.

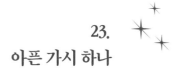

23.
아픈 가시 하나

신께서 저를 찾아오신 후 많은 것을 깨닫게 되었습니다.

깨달은 것만큼 마음이 무겁습니다.

제가 할 수 있는 일은 별로 없었습니다.

세상을 뒤덮고 있는 그 그림자는 너무 짙고 강대해서 저와 제 가족들을 지키는 것만으로도 버겁습니다.

그러나 신께선 저에게 더 많은 일을 하라고 하십니다.

앞으로 닥쳐올 혼란스러운 세상에 저를 위해서가 아닌, 다른 누군가를 위해서도 준비해야 한다고 하십니다.

마음이 무거워집니다.

그러다 문득 이런 생각이 듭니다.

에이!

모르겠다.

최선을 다해 보고 안 되면 그건 어쩔 수 없는 거지!

그냥 후회만 남기지 말자.

그랬습니다.

그러다 보니 모든 것이 담담해집니다.

예전처럼 희로애락에 대한 감정이 점차 사라지고 관찰자의 입장에서 자신을 바라보게 됩니다.

그러던 중 오늘 새벽에 꿈을 꾸었습니다.

어느 한적한 숲속에 제가 서 있습니다.

이곳에서 전 악단을 만들어 음악회를 하려고 합니다.

그러나 모든 면에서 제대로 준비되어 있는 것이 하나도 없었습니다.

전 그냥 연습이라도 한번 해 보자 하는 심정으로 숲속을 뛰어다니며, 쓸 만한 악기들과 음향장비들을 모아 보지만 모두가 열악할 뿐이었습니다.

이곳 숲속엔 저와 연주자들 외엔 아무도 없었습니다.

청중은 고사하고 무대조차 제대로 준비되어 있지 않았지요.

사정이 이러하니 누군가가 저의 음악을 듣기 위해 이곳까지 올 것이란 기대는 전혀 할 수가 없었습니다.

하지만 이미 작곡도 하였고 그것을 연주할 음악가들도 있으니 그냥 시작이라도 해 보자는 마음뿐이었습니다.

자!

이제 음악을 지휘하려 합니다.

그런데 이게 웬일입니까!

갑자기 신께서 저희 어머니와 함께 이 자리에 나타나신

겁니다.

그러면서 말씀하십니다.

날 **빼**놓고 시작하면 안 되지!

깜짝 놀라 주변을 둘러보니 언제 왔는지 크고 작은 귀여운 동물들이 옹기종기 모여 앉아 있습니다.

그리고는 이런 한적한 숲속에서 연주회를 한다며 수많은 사람들이 웅성거리며 몰려듭니다.

그렇게 신과 오래전 나의 곁을 떠난 사랑하는 어머니 그리고 수많은 동물들과 사람들이 모인 이곳에서 얼떨결에 시작한 첫 연주는 여러모로 부족한 점이 많았습니다.

악기의 음도 고르지 않았으며 합창단의 음정도 흔들렸습니다.

그러나 신께서 살짝 손짓을 하자, 이 모든 것들이 완전해집니다.

신께선 이제 만족하셨는지 저에게 말씀하십니다.

자!

이제 다시 시작해 보렴.

난 네가 시작만 한다면, 언제든 너의 음악을 완성시켜 줄 수 있단다.

그럼 이제 모두 자리에 앉아 제대로 된 음악을 한번

들어 보자꾸나.

그런데 곧 신께선 주위를 둘러보시더니 다시 말씀하십니다.

이런!
마땅히 앉을 만한 자리가 없구나.

그때였습니다.
어머니께서 방긋 웃으시며 나뭇가지를 이용해 신에게 동그란 의자를 하나 만들어 드립니다.
그런데 이상하게도 신께서 앉을 의자 한쪽엔, 크고 뾰족한 가시 하나가 불쑥 튀어나와 있었습니다.
그러나 신께선 어머니가 만들어 준 가시 의자가 매우 흡족하신지, 기분 좋게 앉으시며 저에게 말씀하십니다.

넌 나에겐 항상 이 뾰족한 가시와도 같았단다.
언제나 나의 마음을 아프게 하고 신경 쓰이게 했지.
그러니 이젠 그만 그 가시에서 벗어나 한 송이 아름다운 장미가 되렴.

이젠 난 네가 언제든지 시작만 한다면 널 완성시킬거란다.

전 그날 그렇게 꿈에서 깨어났습니다.

그리웠던 어머니도 보았고 저를 향한 그분의 마음도 보았습니다.

파란 하늘이 호수에도 제 마음에도 깊이 담깁니다.

언제나.

난 네가 말하면 듣는단다.

어느 날 가슴에 울린 짙은 음성에 놀라 글을 씁니다.

글을 쓰는 며칠간 전 거의 제정신이 아니었습니다.

잠시 잊고 있었던 저의 체험들은 이 음성에 의해 다시 깨어났고 기억과 꿈 그리고 가슴을 울리는 음성을 통해 어떨 땐 아픔 속에서 어떨 땐 행복함 속에서 글을 옮겼습니다.

23일이라는 아주 짧은 시간에 23장까지의 글이 완성되었습니다.

그동안 너무 행복했습니다.

글을 쓰는 동안 눈물짓기도 했지만 행복한 마음에 밤을 지새우기도 했습니다.

마지막 날 꿈에서 본 '아픈 가시 하나'를 마지막으로 《신을 닮았네 1》을 마감하지만 저의 마음에 그 짙은 음성이 다시 들려온다면 또 다른 이야기를 들려드리겠습니다.

오늘도 변함없이 맑은 달빛 속에 그분의 음성이 들립니다.

기억하렴.

난 언제나 너희에게 좋은 것만을 준다는 걸.

chapter 05, 06은 닐 도날드 월시의 《신과 나눈 이야기》를 일부 참고하였습니다.

신을 닮았네 1

ⓒ 이태완, 2021

초판 1쇄 발행 2021년 3월 10일

지은이   이태완
펴낸이   이기봉
편집   좋은땅 편집팀
펴낸곳   도서출판 좋은땅
주소   서울 마포구 성지길 25 보광빌딩 2층
전화   02)374-8616~7
팩스   02)374-8614
이메일   gworldbook@naver.com
홈페이지   www.g-world.co.kr

ISBN   979-11-6649-387-4 (03810)